server la Cour.

HEURES

DE

I0679984

LOISIR

PAR

UN MEMBRE DE L'ORPHÉON

BLOIS

CHEZ TOUS LES LIBRAIRES

1860

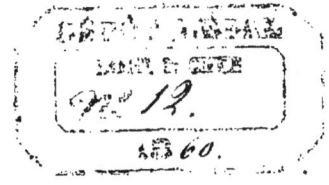

HEURES

DE

LOISIR

Ye   2450

C.

HEURES

DE

LOISIR

PAR

UN MEMBRE DE L'ORPHÉON

BLOIS

CHEZ TOUS LES LIBRAIRES

1860

Au Lecteur.

—

Hier, un bon curé, mon compagnon d'enfance,
Un homme de talent, d'esprit et de science,
Me tirant par le bras, dans un coin, sans façon,
Sur mes petits travers me fit une leçon :
« J'ai lu vos derniers vers, me dit-il, et je trouve
» Qu'ils ne sont pas de ceux que la raison approuve.
» Ils sont par trop légers et l'on y voit toujours
» Figurer le plaisir, le vin et les amours,
» Ces ennuyeux refrains, qui ne sont plus de mise,
» Attelage fané qu'on met sous la remise.
» Quand l'hiver sur nos fronts a semé les frimats,
» On peut les regretter, mais on n'en parle pas.
» Modérez, croyez-moi, cette ardeur juvénile,
» Et je sais que de vous on jase par la ville.
» Laissez aux papillons, ces hôtes du printemps,

» Courir les fleurs, et vous, soyez de votre temps. »
A vous parler tout franc, j'ai senti l'apostrophe,
Mais je me suis conduit comme un vrai philosophe,
Je n'ai rien répondu, j'étais pris au filet
Et la rude leçon me coupait le sifflet.

Cependant aujourd'hui, ces vers, je les publie,
Ne me dévoile pas ou gare l'homélie.

Toast à l'Orphéon.

—

Jetant à jamais sa lisière
L'art du chant grandit sous vos yeux ;
Amis, jusque dans la chaumière,
Portez le luth harmonieux.
Nouveaux preux d'une autre croisade
Déjà votre guidon se voit.
Versez, versez pleine rasade ;
C'est à l'Orphéon que l'on boit.

Que d'autres cherchent la richesse,
Pour biens vous avez la gaîté,
Vos chansons et jeune maîtresse,
Trésor de grâce et de beauté.

Jamais d'Argus au front maussade ;
C'est le plaisir qui vous reçoit :
Versez, versez double rasade ;
C'est à vos amours que l'on boit.

Songeant à nos jours de vaillance,
Au nom puissant du souverain
Qui se grave au cœur de la France
Mieux que sur les tables d'airain ;
Il n'est parmi nous, camarades,
Aucun buveur ingrat ou froid :
Versez, versez triples rasades ;
C'est à l'Empereur que l'on boit !

Le Lorgnon perdu.

—

Au Dʳ B***.

—

Dans mon grenier le diable a fait sa niche ;
Sur mes talons il est soir et matin,
De mauvais tours le drôle n'est pas chiche,
Et mieux vaudrait plus aimable lutin.
Lorsque déjà se couvre ma paupière,
Il me ravit l'utile compagnon
Qui dans ma nuit apportait la lumière.
Ah ! plaignez-moi ! J'ai perdu mon lorgnon.

Depuis ce temps je marche à l'aventure,
Triste jouet des caprices du sort,
Comme un vaisseau qui, dans la nuit obscure,
Le phare éteint, ne peut gagner le port.

A vos festins, sans ami qui me guide,
Je viendrai tard, et j'aurai le guignon
De ne trouver que votre coupe vide.
Ah! plaignez-moi! J'ai perdu mon lorgnon.

Des vieux auteurs qui charmaient mon enfance
Je garde encor un tendre souvenir;
C'est pour les jours de peine et de souffrance
Baume puissant qui nous aide à guérir!
A les revoir vainement je m'obstine,
A la lueur d'un faible lumignon;
Il faut quitter La Fontaine et Racine.
Ah! plaignez-moi ! J'ai perdu mon lorgnon.

Du Ciel pour nous la bonté se révèle
A chaque pas par ses dons précieux :
La femme naît, comme la fleur nouvelle,
Pour nos plaisirs, et surtout pour nos yeux.
Tous les objets créés pour nous séduire,
Gentil corsage et petit pied mignon,
Pourront passer sans que je les admire;
Ah ! plaignez moi! J'ai perdu mon lorgnon.

Le Château de Campoix (Indre).

—

A M. V***.

—

Avant de fuir à jamais le rivage
Que notre pied ne peut plus ressaisir,
Il est, amis, un doux pélerinage
Qui me sourit et flatte mon désir.
Je veux trouver gaîté vive et franchise,
Mets délicats, bons vins, joyeux festin :
C'est à Campoix qu'est la terre promise
Et l'amitié me montre le chemin.

Je ne crains point l'orgueilleuse opulence
Qui croit toujours, étalant sa splendeur,
Dans un accueil où perce l'insolence,
Nous honorer d'un regard protecteur.

Là, c'est l'esprit et le cœur que l'on prise
Plus qu'un vain nom sur un vieux parchemin :
C'est à Campoix qu'est la terre promise
Et l'amitié me montre le chemin.

Du beau manoir nul ne garde l'entrée,
L'accès est libre et chacun est admis.
Le châtelain, père de la contrée,
Autour de lui ne voit que des amis.
L'épi des champs, que sa main fertilise,
Pour l'indigent ne mûrit pas en vain :
C'est à Campoix qu'est la terre promise.
Et l'amitié me montre le chemin.

Je pars, enfants ; le printemps se réveille
Tout émaillé de brillantes couleurs ;
Le soleil luit ; la diligente abeille
En bourdonnant vole aux rosiers en fleurs.
Une heure encor de bonheur m'est permise,
D'un vieil ami je vais serrer la main :
C'est à Campoix qu'est la terre promise
Et l'amitié me montre le chemin.

A la Fontaine Médicis.

—

Reine de l'antique vallée
Qui fuyant un ciel irrité,
De longs jours muette et voilée
Dérobas ta célébrité ;
Viens-tu dans des temps plus prospères
Demander à nos jeunes fils
Le culte qu'autrefois leurs pères
Rendaient aux sources Médicis.

J'ai vu dans la plaine embaumée
Passer sur les gazons en fleurs,
Comme aux jours de ta renommée,
Nobles dames et grands seigneurs ;
C'est ton passé qui se réveille,
Et déjà sa nouvelle cour
Puise dans ta coupe vermeille
La santé, la joie et l'amour.

Sur le coteau, dans les prairies
Folâtre un gracieux essaim
De femmes blanches et jolies,
Brillantes perles du matin ;
Et le soir glissant sous la feuille,
Dans tes bosquets délicieux,
La brise discrète recueille
Des sons doux et mystérieux.

Au sein de ton paisible empire
Règne la paix et le bonheur,
L'air parfumé que l'on respire
Porte l'ivresse dans le cœur !
Tout sourit : les bois, la verdure,
Les vallons aux bords enchantés,
Où la Loire limpide et pure
Promène ses flots argentés.

Quand tu parus à la lumière
Je devançai les pas du jour,
Pour que ma voix fût la première
A chanter l'heure du retour ;
Heureux si quelque main osée
Ne jette pas au cours de l'eau,
L'humble fleur que j'ai déposée
Aux pieds de ton nouveau berceau.

Banquet du Cercle de l'Union.

—

JANVIER 1856.

—

LES DEUX ÉTAGES.

Sous même toit se trouvent deux étages
Où sont campés deux peuples différents :
C'est au premier la demeure des sages
Des temps passés nobles représentants.
Certe on y voit société polie,
Mais du logis le sang-froid me confond ;
J'aime l'esprit et l'aimable folie ;
Auprès de vous je les trouve au second.

De vos états on a banni la gêne
Et vous savez pardonner des travers ;
Votre salon parfois fut une arène
Où l'indulgence encouragea mes vers.

Tant de bontés méritent mon hommage ;
Quand je serai près de couler à fond,
Je veux, amis, vous léguer mon image
Qu'on voit briller au cadre du second.

Pour l'Orphéon, que l'on prend à partie,
J'ai, bien souvent, soutenu des combats.
Mais un bon mot et fine repartie
Me font sourire et ne me blessent pas.
Car vos dédains, Messieurs, je les dénie,
Et de vous tous le bon goût me répond ;
Et si quelqu'un doute de l'harmonie
C'est qu'il n'est pas monté jusqu'au second.

A vos festins où règne l'allégresse,
Je ne viens pas en censeur indiscret ;
Ma gaîté vaut presque votre jeunesse,
L'âge s'efface où le rire paraît.
Sous votre ciel, qu'un doux rayon colore,
Que le printemps en plaisirs soit fécond ;
Que l'amitié vienne longtemps encore
Prendre sa place au banquet du second.

A Mme C... qui m'avait refusé sa porte pendant la Semaine Sainte.

—

Enfin un destin favorable
Vient me venger d'un ordre rigoureux ;
Dans votre asile impénétrable
Je vais vous voir et je vais être heureux.
Tel, après dix ans d'esclavage,
Un banni, guidé par son cœur,
Frémit de joie et de bonheur
Quand il rentre dans son village.

Pour vous voir je frappais en vain ;
Trop longtemps sourde à ma prière
Votre porte inhospitalière
Élevait un rempart d'airain.

2

Pour mes péchés la peine fut cruelle,
Mais j'avoue encor celui-là.
C'est votre Dieu qui m'exila,
Et c'est le mien qui me rappelle.

Fête de Sainte-Cécile.

NOVEMBRE 1857.

—

Aux jours consacrés au repos,
Lorsqu'aux champs tout semble sourire,
Le fruit doré de nos coteaux
Comme les oiseaux vous attire;
Son nectar, enfant du soleil,
Nourri des parfums de l'automne,
Répand sur votre front vermeil
Tous les rubis de sa couronne.

Lorsque le fervent messager
Du rendez-vous a donné l'heure,
Chacun franchit d'un pied léger
Le seuil aimé de la demeure.

L'Orphéon reprend son essor,
Sa voix avec transport résonne ;
Dans l'avenir il voit encor
Nouveau fleuron pour sa couronne.

Voués au culte des beaux-arts
Vous servez encore une idole ;
Souvent des échos babillards
M'ont dit les secrets de l'Ecole.
Amis, craignez qu'en vos exploits
La prudence vous abandonne ;
Le dieu malin glisse parfois
Une épine dans sa couronne.

Mes Œufs sur le plat.

—

A M. B. de M***.

—

Il est un fait acquis à la science
Qui, par hasard, met les auteurs d'accord,
C'est qu'on n'obtient que par la tempérance
De la santé le précieux trésor.
Soumis aux lois du docte aréopage
Dont le destin m'a fait simple soldat,
J'ai dès longtemps chòisi pour mon usage
L'eau fraîche et pure, et les œufs sur le plat...

Bien sont venus mes goûts d'anachorète;
La peur du bruit, l'amour du coin du feu ;
Dans son pays nul ne devient prophète
Et la sagesse est de vivre de peu.
Mais qui de nous sait garder la mesure ?
Ma main, prodigue en mes jours de gala,
Mêla parfois le sucre à mon eau pure,
Un grain de sel à mes œufs sur le plat.

Sans mépriser les faveurs qu'on envie,
Je les voyais d'un œil indifférent.
Rien, selon moi, n'égale dans la vie
L'obscurité qui rend indépendant.
Lise, un matin, fleur toute fraîche éclose,
Fille aux yeux bleus, parut sur mon grabat ;
Tout respira le parfum de la rose,
Ma vieille pipe et mes œufs sur le plat.

Ce bel enfant à chevelure blonde,
Au front si pur, aux contours gracieux
Devint ma part de bonheur dans le monde ;
Je la cachais aux regards curieux.
Au loin fuyait la fortune légère
Sans que jamais un désir l'appelât.
Je possédais tout ce qui sut me plaire :
Jeune maîtresse et mes œufs sur le plat.

Le poids des ans a changé mon allure
Et m'a contraint d'aller le petit pas ;
J'ai reconnu que ma pauvre monture
Tout droit au but souvent n'arrivait pas.
Mais pense-t-on que je perde courage
Quand des beaux jours je vois pâlir l'éclat.
Il reste encor pour la fin du voyage
Mes souvenirs et mes œufs sur le plat.

Le Hautbois.

—

APRÈS UN CONCERT DANS LA SALLE DES ÉTATS.

—

Comme le berger d'Arcadie,
Romedenne sait de nouveau,
Pour des prodiges d'harmonie,
Animer un frêle roseau.
J'ai cru les fables revenues
Où Pan, aux accords du hautbois,
Charmait les Nymphes demi-nues
Sur le gazon fleuri des bois.

C'est un écho qui vient de l'âme,
C'est un chant qui fait tressaillir
Comme le baiser d'une femme
Qui cède à l'attrait du plaisir ;

Aux charmes de sa mélodie
Sommeille un instant la douleur.
C'est la brise de la prairie
Qui passe en caressant la fleur.

Doux comme la voix d'une amie
Il redit les airs gracieux
Qu'on chante, au matin de la vie,
Sous l'ombrage mystérieux.
Rêve enchanté de la jeunesse
Au front d'azur, aux ailes d'or,
J'ai cru, dans ma trompeuse ivresse,
Que tu me souriais encor !

Les Mariniers du faubourg de Vienne.

CHŒUR A QUATRE VOIX.

Musique de M. Fauconnier.

—

LE DÉPART.

Allons, amis ! le jour se lève ;
Pour nous c'est assez de loisir,
Le vent qui souffle sur la grève
Enfle la voile, il faut partir.
Mais, aux pieds de notre madone,
Prions, enfants, avec amour ;
Prions ! que sa bonté nous donne
Heureux succès et prompt retour !

Étoile tutélaire
Qui guide sur les flots ;
Protége, bonne mère,
Tes pieux matelots.

Aux heures de souffrance,
Toi qui soutiens le cœur,
Tu plaças l'espérance
Auprès de la douleur.

Rends au peuple qui prie
Le poids du jour plus doux,
Bonne Vierge Marie,
Daigne veiller sur nous !

Debout ! partons ; et du courage :
A l'œuvre, mes braves marins !
Et pour égayer le voyage,
Répétez vos joyeux refrains.

Il est une fleur sur la rive,
Qui croît loin du monde et du bruit ;
Sa fraîcheur attire et captive,
Et sa beauté charme et séduit.
Elle est plus blanche que l'ivoire ;
Son teint a l'éclat d'un beau jour ;
C'est une perle de la Loire,
C'est l'enfant de notre faubourg.

Si vous saviez comme elle est belle ;
Comme son sourire est flatteur !
Légère comme la gazelle,
Ses beaux yeux en ont la douceur.
Le marin veut pour toute gloire,
Pour tout trésor et seul amour,
La blanche perle de la Loire,
La belle fille du faubourg.

Allocution adressée à mes camarades de l'Orphéon

REVENANT DU CONCOURS DE Sᵗ-GERMAIN-EN-LAYE,

Avec un 1ᵉʳ Prix.

———

Je vous disais : allez à cette fête,
Nobles enfants, qu'un beau zèle conduit,
Ne craignez rien, car votre tâche est faite
Et le temps vient d'en recueillir le fruit.
Devant les arts qui tenaient cour plénière
Votre valeur vous mit sur le pavois
Et vous avez consacré la bannière
    Des Orphéonistes Blésois.

Fières beautés qu'en secret on implore,
Femmes ! sans vous, qu'importent les honneurs ?
Heureux hier, nous voulons plus encore :
C'est mériter vos plus douces faveurs,
Voir vos beaux yeux répondre à la prière
Lorsque vers vous nous élevons la voix,
Et vos couleurs flotter à la bannière
        Des Orphéonistes Blésois.

Allez, enfants, le printemps vous convie
Et dans les prés sème rubis et fleur ;
La voix est douce au matin de la vie,
Plus tard, hélas ! elle perd sa fraîcheur.
Chantez encor quand pâlit la lumière
Refrains d'amour sous les feuilles des bois,
Et soutenez l'honneur de la bannière
        Des Orphéonistes Blésois.

Dans votre camp vous n'avez point de maître,
Car le pouvoir fait les ambitieux ;
Mais, parmi vous, on aime à reconnaître
Qui sait bien boire et qui chante le mieux ;
L'amitié seule a la puissance entière,
Elle a dicté vos devoirs et vos lois ;
Et pour son sceptre elle a pris la bannière
        Des Orphéonistes Blésois.

Des chants, pour moi, la saison est passée,
Mais j'ai plaisir à suivre vos efforts ;
Votre gaîté qui berce ma pensée
Du temps jaloux cache un instant les torts ;
Pour vous, enfants, je me sens l'âme fière,
Quand j'entends dire à vos brillants tournois,
Le plaisir vient où paraît la bannière
        Des Orphéonistes Blésois.

Blois.

—

Voyez sur la rive fleurie,
Au penchant du riant coteau,
La ville coquette et jolie
Qui baigne ses beaux pieds dans l'eau ;
Le Ciel, dans un jour de clémence,
Pour notre bonheur a doté
Toutes ses femmes d'élégance,
D'esprit, de grâce et de beauté.

C'est l'asile où la bienfaisance
Sait compâtir à la douleur,
Offre son toit à l'indigence,
Ouvre sa main pour le malheur ;
Le calme règne sur sa plage,
Et jamais le limon impur,
Poussé par les flots et l'orage,
N'entre en son port tranquille et sûr.

Ce n'est point la fille perdue
Qui se prend au piége imposteur,
Aime les clameurs de la rue
Et foule aux pieds toute pudeur :
C'est une fille au cœur sincère,
Qui se souvient de ses aïeux,
Veut un maître que l'on révère,
Et qui porte un nom glorieux.

C'est la ville qui se réveille
S'il faut défendre le pays ;
Part sans bruit, et ferme l'oreille
Aux cris déchirants du logis ;
Et quand la lutte est terminée,
Comme le modeste ouvrier,
Lorsqu'il a fini sa journée,
Revient paisible à son foyer.

C'est la ville qui s'abandonne
Au bras puissant d'un Empereur,
Et tresse une double couronne
A son heureux libérateur ;
Pour sa jeune et belle Eugénie,
Sème de fleurs tout à la fois
Le temple chrétien où l'on prie
Et l'antique palais des rois.

C'est ma ville enfin ; car je l'aime
Ainsi qu'on aime son enfant ;
La servir est ma loi suprême
Et mon désir le plus constant.
Je voudrais, de sa noble histoire,
Comme le Barde des vieux jours,
Chanter les amours et la gloire,
Dans les châteaux et dans les cours.

Vers lus le jour de ma réception

DANS LA

SOCIÉTÉ DE SECOURS MUTUELS DE VIENNE.

—

Au sein d'une famille unie,
Comme l'antique pèlerin
Touchant le sol de la patrie,
Je demande place au festin.
Né parmi vous sur cette plage,
Guidé par un doux souvenir,
Je reviens fidèle au rivage,
Heureux de vous appartenir.

Qu'il soit élevé comme l'aigle,
Humble comme le passereau ;
De notre destin c'est la règle,
Tout homme porte son fardeau ;

Mais la tâche devient légère,
Lorsque, fatigué du chemin,
A ses côtés il voit un frère
Tout prêt à lui tendre la main.

Le malheur nous suit sur la terre ;
Nous sommes faibles devant lui ;
Nul ne brave sa loi sévère ,
Et chacun a besoin d'appui.
Unis, nous aurons du courage,
Et quand son bras nous frappera,
Pour éloigner les jours d'orage,
Aidons-nous : Dieu nous aidera !

Du superflu donnons la dîme ;
La Charité nous le prescrit ;
Souvent, pour sauver de l'abîme,
Le plus léger secours suffit ;
Accueillir l'indigent qui prie,
Le soulager dans le secret,
C'est le seul plaisir dans la vie
Qui ne laisse point de regret.

Toast aux soldats du 27ᵉ de ligne

ARRIVANT DE CRIMÉE.

—

Braves soldats, dignes fils de la France,
Avec bonheur nous comptons vos succès.
Sur les deux mers votre noble vaillance
Fait respecter l'orgueil du nom Français.
Des plus hauts faits la gloire est dépassée,
Sébastopol a trouvé son tombeau,
Et sous vos coups la Russie abaissée
Courbe le front devant votre drapeau.

Fils d'Albion, enfants de ma patrie,
L'honneur vous mit sur le même chemin.
Sous des lauriers la victoire vous lie,
Soyez amis et donnez-vous la main.

Qu'au sein des camps votre union se fonde,
Et désormais ne formez qu'un faisceau ;
Vous devenez les arbitres du monde
Quand vous marchez sous le même drapeau.

Napoléon, la France rajeunie
Te confiant ses nobles légions,
A reconquis sous ton puissant génie
Le premier rang parmi les nations.
Ce fut toujours ton espoir et ton rêve ;
Devant l'éclat d'un triomphe si beau
L'Europe entière applaudit et se lève
Pour saluer ton glorieux drapeau.

Lettre à M. A. V***.

31 DÉCEMBRE 1854.

—

Le temps, suivant le cours de sa longue tournée,
Demain ouvre la porte à la nouvelle année :
Puisse-t-elle, V***., se montrer à nos yeux
Le teint couleur de rose et le front radieux,
Former d'épis nombreux sa brillante couronne,
L'été donner des fleurs et des fruits à l'automne,
Et sur le sol français ramener triomphants
Ces nobles bataillons d'intrépides enfants,
Apportant d'Orient, théâtre de leur gloire,
L'olivier de la paix conquis par la victoire !
C'est mon vœu le plus cher ; il est pour mon pays.
Après lui, mes souhaits à mes nombreux amis !

Je désire pour eux une longue jeunesse,
Gaîté, force, santé, douce et belle maîtresse,
Et beaucoup d'or surtout. Hélas ! j'ai reconnu
Que sans lui dans le monde on est fort mal venu.
Pour toi, garçon d'esprit, peintre habile et poète,
Que veux-tu, dis-le moi, qu'un ami te souhaite ?
Des succès éclatants et de douces faveurs ?
Le sort t'en a comblé, quand il est sobre ailleurs ;
Et l'Amour de tout temps a semé sur ta voie
Les fleurs au doux parfum, le velours et la soie.
Je ne veux rien pour toi, mais je voudrais pour tous,
Qu'au *Cercle*[1] plus souvent tu vinsses avec nous.
Dans les salons brillants à grands frais on s'ennuie ;
Devant trop de raideur la gaîté s'est enfuie :
Au *fumoir*, elle règne en toute liberté,
Et chacun y peut rire avec impunité.
Là, point de mots blessants, de mordante satire,
On cause avec esprit, on ne sait pas médire ;
C'est un feu pétillant de traits et de bons mots,
De ces récits galants racontés à propos,
Comme nos bons aïeux en faisaient après boire,
Où plus d'un vieux pêcheur avait fourni l'histoire.
Quand un ardent joueur a dressé le couvert,

[1] Le cercle de *l'Union,* rue du Mail.

Que le combat s'engage autour du tapis vert,
J'aime à suivre de près la bataille animée;
Des cigares nombreux j'aime à voir la fumée
Folle et capricieuse, en mille tourbillons
S'étendre et disparaître aux angles des plafonds.
Si parfois *un bonhomme* à l'humeur vagabonde,
Comme un spectre égaré qui vient d'un autre monde,
Montant à pas de loup le fatal escalier,
Du *fumoir* en travail aborde le palier,
C'en est fait! la vapeur à la gorge le serre,
Réveille les accès d'une toux meurtrière;
L'imprudent voyageur, haletant et toussant,
Ne peut aller plus loin; il recule en tremblant,
Et le sein oppressé, la face pâle et blême,
Maudissant les fumeurs et s'accusant lui-même,
Retourne à ses amis, qui, moins aventureux,
Dorment près du foyer, comme des bienheureux.
Des plaisirs *au premier* c'est la seule habitude.
Le sommeil en commun, ou bien la solitude;
C'est ce qu'on dit du moins, car nul n'est descendu
Pour voir les naturels de ce pays perdu.
Quand le timbre argentin sonne la dixième heure,
Chaque membre, pressé de gagner sa demeure,
S'esquive comme une ombre, à pas lents et sans bruit,
Va prendre un lait de poule et son bonnet de nuit,

Et sur un lit moëlleux qui sous le poids s'affaisse,
Ferme les yeux et rêve à la hausse ou la baisse [1].
A nous, V***. ! Les prés ont perdu leur émail,
Et les brebis l'hiver reviennent au bercail.
Déjà le vent se lève, et la lune voilée
Jette un pâle reflet sur l'humide vallée ;
La feuille se détache et roule au fond des bois.
Tout est triste et muet à Saint-Denis-lès-Blois.
Les buveurs dès longtemps ont quitté la prairie.
Adieu les beaux enfants à mine réjouie,
Gracieux papillons qui jouaient au soleil,
Et rentraient au logis le teint frais et vermeil ;
Le père *Guérinet* [2] pensif et solitaire,
Voit couler sans *profits* la source salutaire :
Pourtant il rêve encor, et croit chaque matin

---

[1] Le *Cercle de l'Union*, malgré son titre qui semblerait indiquer un accord parfait de goûts et d'habitudes, se divise en deux sections bien distinctes : le premier étage est occupé par les hommes graves ; les jeunes gens d'âge ou de caractère habitent le second ; cette simple explication était nécessaire pour l'intelligence des vers qui précèdent. Du reste, il n'entre aucun sentiment d'amertume dans ce badinage sans conséquence, que nos amis des deux camps voudront bien nous pardonner.

[2] Nom du fidèle gardien des eaux minérales de Saint-Denys-lès-Blois.

Qu'un char brillant s'avance au détour du chemin.
Vain espoir ! Recouvert d'une sombre chemise,
L'élégant omnibus languit sous la remise.
Ne crains rien, *Guérinet* ; sur ses bords enchanteurs
Saint-Denys reverra ses enfants et ses fleurs,
Attends que du printemps la brise douce et pure
Fasse germer les blés et croître la verdure,
Que l'oiseau dans son nid célèbre ses amours,
Et tu pourras encor retrouver tes beaux jours.
Une reine[1] autrefois illustra ta fontaine ;
Peut-être que bientôt une autre souveraine,
La Mode, conduisant ses nombreux favoris,
Lui rendra les splendeurs du temps des Médicis.

En attendant, V***., je marche à la dérive
Sans laisser en partant un regret sur la rive,
Sans qu'un rayon ait lui dans mon obscurité ;
Et mon compte tout fait, l'austère vérité,
Ne laisse après mon nom qu'une triste épithète :
Un pauvre médecin, un plus pauvre poète.

[1] Marie de Médicis.

Le Fourneau Municipal.

—

On a longtemps recherché ce problème
A peu de frais vivre comme un seigneur.
Nous connaissons l'ingénieux système
Et l'Orphéon veut le mettre en faveur.
Pour célébrer sa fête d'harmonie
Il peut ce soir se montrer libéral,
Avec bonheur voir noble compagnie
    Grâce au fourneau municipal.

A son festin la ville nous convie ;
Nous répondrons sans fierté ni dédain :
Vous qui souffrez des rigueurs de la vie
Suivez nos pas, nous montrons le chemin.

4

La bienfaisance à son poste fidèle
Vous accueillant d'un regard amical,
Veille pour vous, active sentinelle,
   Près du fourneau municipal.

Dans la cité nous comptons des édiles,
Gens de talent, de sens et de crédit.
Tout se transforme entre leurs mains habiles ;
Blois à la fin se réveille et grandit.
Dans le creuset bouillonne la matière
Qui doit sortir en précieux métal.
Chacun le sait, le cabinet du maire
   Est le fourneau municipal.

A une jeune Institutrice.

—

Quoi ! sur l'inconstance des flots
Tu voudrais exposer ta vie;
Quel ennemi de ton repos
T'en donna la funeste envie?
Le ciel n'est pas toujours serein ;
Abandonne à jamais un projet téméraire,
Ne change pas un sort prospère
Pour un avenir incertain.
Comme toi, pauvre enfant, au matin du jeune âge,
Je cherchais un monde meilleur ;
Mes regards curieux vers un lointain rivage
Découvraient un asile où reposer mon cœur:
Je rêvais le bonheur sur la terre étrangère.
Le jour me souriait plus brillant de clarté ;
Je brûlais de partir ; mon âme tout entière
Soupirait pour la liberté.

Ah ! tu ne connais pas la fierté dédaigneuse
       De ces fils d'Albion ;
    Crains la bienveillance trompeuse
    Qui nourrit ton illusion ;
    Crains de payer cher ta méprise.
    Va, le ciel ne l'a pas permis,
    Sur les rives de la Tamise
    Un Français n'eut jamais d'amis !
       Suivant une élève stupide,
       Mentor à peine adolescent,
De quel œil verras-tu sa mère trop avide,
Qui croira d'un peu d'or trop payer ton talent ?
       Eh bien ! veux-tu partir encore ?
       Jette les yeux autour de toi,
       Vois ta famille qui t'adore :
       Je ne te parle pas de moi.
Que ceux qui te sont chers à tes désirs s'opposent,
Il en est temps encor; non, ne les quitte pas.
Pauvre enfant, sur des fleurs tes beaux yeux se reposent
       Lorsque l'abîme est sous tes pas.
       Mais si pourtant rien ne t'arrête,
       Si mes avis sont méconnus,
Adieu ! tu peux partir, ma vengeance s'apprête,
Le repentir t'attend sur des bords inconnus.

Mes vingt écus d'économie.

—

Grâce à ma barque bien menée :
Quoiqu'à l'erreur il soit sujet,
J'arrive à la fin de l'année
En accord avec mon budget ;
J'ai vécu sans parcimonie
Et me voilà gros financier :
J'ai vingt écus d'économie
Et pas le moindre créancier !

Mais à présent de ma richesse
Saurai-je diriger l'emploi ?
S'il faut déployer de l'adresse
C'est rude besogne pour moi.
Allons, trève de modestie,
Le talent vient avec l'argent :
On va me trouver du génie
Puisque je suis riche à présent.

Ma servante, femme entendue,
Veut pour son fils un professeur ;
Il a la langue bien pendue
Et fait le petit orateur.
Dois-je payer ses mois d'école ?
Non, parbleu, je n'y souscris pas...
Pour abuser de la parole
C'est déjà trop des avocats.

Le vieux Suisse de ma paroisse
Traîne des galons en lambeaux,
Le pauvre homme en est dans l'angoisse :
J'en pourrais fournir de nouveaux.
J'ai peur que mon voisin ne dise,
Lui qui rit des habits brochés,
Que je fais des dons à l'église
Pour effacer de vieux péchés.

Lise, à seize ans, déjà coquette,
Veut des rubans et bijoux d'or,
Pourtant, sa blanche collerette
Nous cache plus joli trésor,
A son désir faut-il se rendre ?
Non, je lui dois la vérité,
Sait-elle à cet âge si tendre
Où peut mener la vanité ?

De tes seuls attraits embellie
Dédaigne l'éclat emprunté,
Lise, tu seras plus jolie
En gardant ta simplicité.
Ta beauté qui cause l'ivresse
N'a pas besoin d'un vain atour
Et le parfum de la jeunesse
Est le prestige de l'amour.

Aujourd'hui, la raison plus forte
Dans le vrai chemin me conduit :
Un malheureux est à ma porte
Qui souffre en secret et languit.
De mes vingts écus, je l'espère,
Le meilleur emploi le voilà :
Courons soulager sa misère :
J'aurais dû commencer par là.

Epitre à mon manteau.

—

Ah ! mon manteau que je te remercie !
Que je sus bien hier connaître ta valeur,
Quand une maîtresse chérie
Cherchait dans tes replis un abri protecteur.
Quoique d'une étoffe commune
En tous lieux tu sus me servir ;
Seul confident de ma fortune,
Mes secrets sont les tiens, tu ne peux les trahir.

Si parfois d'une tendre amie
Fuyant le séjour enchanté,
Je revenais, l'âme ravie,
Vers le toît que j'avais quitté,
En ami complaisant et sage,
Voilant l'indiscrète rougeur
Qui pouvait couvrir mon visage
Aux regards des jaloux tu cachais mon bonheur.

Combien de fois sous ton égide,
Bravant les injures du temps
Tu sus me préserver de la grêle homicide
Du souffle glacé des autans.
Aux lieux où la douleur cruelle
Réclamait des soins généreux,
Je te trouvais toujours fidèle
Sous le chaume du malheureux.
Si la mort venait à paraître
Dans la saison de mes beaux jours
Et brusquement en arrêter le cours,
Tu servirais de linceul à ton maître.
Mais si du temps l'inexorable faux
Divisait avant moi ta trâme relâchée,
Conservant avec soin tes précieux lambeaux
De ton tissu vieilli je ferais un trophée.

VERS ADRESSÉS

Au Jury musical du concours

DE L'ORPHÉON BLÉSOIS.

De l'orphéon Blésois, heureux ambassadeur,
Souffrez que j'ose ici rappeler la faveur
De compter pour témoins d'une modeste arène
Des lutteurs éprouvés aux combats de la scène,
Maîtres ingénieux qui fixant les regards,
Brillent au premier rang sous le sceptre des arts.
Pour honorer ces noms, vous le savez, la ville
Offrit avec bonheur un palais pour asile.
Ainsi l'on accueillait le mérite autrefois
Comme un hôte royal à la cour des Valois.

C'est que dans tous les temps, au beau pays de France,
Les grands talents sont rois et l'art une puisssance.
Et Blois a conservé ce culte respecté ,
Le goût de ses aïeux et leur urbanité.
L'étranger qui s'assied à son foyer tranquille
Est un ami de plus au sein de la famille.
Princes du feuilleton, cet oracle Français,
Qui décide d'un mot la chute ou le succès,
Vous êtes gens d'esprit que l'on croit sur parole,
A l'Orphéon Blésois accordez un beau rôle :
Et puissions-nous demain, pour prix de nos travaux,
Montrer avec orgueil à nos vaillants rivaux
Le nom de l'Orphéon gravé sur la colonne...
Du journal qui vous doit l'éclat qui l'environne.
Si vous parlez de nous, dites à vos amis
Que l'on peut vivre encor au-delà de Paris ;
Qu'il est, près de ses murs, une terre habitée
Qui de tous les plaisirs n'est pas déshéritée ;
Où de joyeux refrains éveillent les échos,
Où le soleil mûrit le pampre des coteaux ;
Où parfois au printemps, sous la verte feuillée
L'amour, gai compagnon, vient charmer la veillée.
Dites qu'avec des fleurs qu'il sema de sa main,
Pour cacher sous nos pas les ronces du chemin,
A nos femmes le ciel donna pour apanage
L'éclat et la fraîcheur, ce pur et doux langage,

Cette distinction qui n'a rien d'emprunté,
Trésors plus précieux encor que la beauté,
Corsage ravissant, taille flexible et mince
Et les plus jolis yeux pour des yeux de province.
Dites surtout, Messieurs, qu'avec vous la cité
A compris les douceurs de l'hospitalité ;
Que sortant aujourd'hui de la ligne commune
Blois est fière à bon droit de sa bonne fortune.

Vers adressés à la Société de Sainte-Cécile

de Bordeaux

LE JOUR DE SON CONCOURS MUSICAL.

—

L'amour des arts sait embellir la vie
Et sur nos pas répandre quelques fleurs ;
Quand près de vous le plaisir nous convie
Croyez-le bien, nous prisons ses faveurs.
Comme deux sœurs, la Loire et la Gironde
A l'océan réunissent leurs eaux ;
Au sein des arts, une estime profonde
Unit nos fils aux enfants de Bordeaux.

Il nous souvient de la noble bannière
Qu'on vit flotter aux rivages Blésois ;
Jour de triomphe, où la ville était fière
De vous trouver à son joyeux tournois.

Chacun disait, épris de l'harmonie
Qui de la foule excitait les bravos :
Sainte Cécile à leurs destins unie
Prête sa lyre aux enfants de Bordeaux.

Le fruit vermeil qui donnait l'ambroisie,
Que l'on servait à la table des dieux,
Est descendu comme la poésie
Sur vos coteaux favorisés des cieux.
Présent divin, à ta source féconde,
Nous saluons de glorieux rivaux,
Porte toujours la joie autour du monde
Avec le nom des enfants de Bordeaux.

Le Soldat blessé.

—

Quand nos soldats, comme la foudre,
Bravant d'invincibles remparts,
Aux murs de Malakoff en poudre
Plantaient leurs nobles étendarts ;
Sous les débris et la mitraille
Je suis tombé, Dieu l'a permis !
En Français, un jour de bataille,
En voyant fuir les ennemis.....

Tu mis, pour fermer nos blessures
Et supporter le poids du jour,
Ces vierges modestes et pures
Que guide leur ardent amour ;

5

Anges réservés à la terre,
Qui marchant, Seigneur, devant toi,
Vont sur une rive étrangère
Porter les germes de la foi.

Touchantes sœurs, dont la parole
Sait trouver le chemin du cœur,
Dont la voix soutient et console
Sous l'étreinte de la douleur ;
Et qui, près du lit funéraire,
A l'heure des derniers adieux,
Songeant au malheur d'une mère,
En pleurant nous ferment les yeux.

Obscur enfant de la patrie,
Vingt ans mon bras sut la servir ;
Je ne regrette pas la vie,
Et maintenant je puis mourir :
J'ai vu dans les champs de vaillance
L'aigle, planant avec fierté,
Poser sur le front de la France
Sa palme d'immortalité !

A Madeleine B***,

SOCIÉTAIRE DU THÉATRE-FRANÇAIS, VISITANT LES EAUX

DE SAINT-DENIS.

—

4 AOUT 1858.

—

Ici chaque printemps amène
Des cygnes aux blanches couleurs,
Qu'on voit s'ébattre dans la plaine
Au milieu des gazons en fleurs.
Parfois un enfant de Thalie,
Fatigué de célébrité,
Sous notre beau ciel d'Italie,
Vient respirer en liberté.
On sait, aux douceurs de la brise,
Qu'en ces lieux vous portez vos pas,
Mais redoutez une surprise :
Trésor volé ne se rend pas.

Aux bords fortunés de la Seine
Blois, revendiquant d'anciens droits,
Peut bien un jour prendre une reine,
Lui qui lui donna tant de rois.
Saint-Denis rêve une conquête
Et sollicite votre appui :
Le saint ne craint rien pour sa tête ;
J'en sais de moins braves que lui.
Soyez sa dame et souveraine ;
Bientôt renaîtra sous vos yeux
L'antique foi pour la fontaine
Où rajeunissaient nos aïeux.
De ces beaux jours que l'on oublie
Vous ramènerez les splendeurs ;
Quand l'idole est aussi jolie
On trouve des adorateurs.
Restez ici ; tout vous convie :
Le parfum des fleurs est bien doux ;
D'objets charmants, l'âme est ravie,
Madame, il ne manquait que vous.
Restez, et chacun pourra dire,
Le cœur doucement agité :
Saint-Denis est encor l'empire
De l'élégance, et de beauté.

Les Oiseaux de la capitale.

—

A Mlle PALMYRE W***.

Artiste de l'Opéra, aux Fêtes de Blois,

AOUT 1856.

—

Quittez votre sombre volière,
Venez, chantres mélodieux,
Sous notre tente hospitalière
Le jour est pur et radieux.
Ici point d'injuste cabale,
On ne voit pas de cœurs ingrats :
Beaux oiseaux de la capitale
Venez chanter dans nos climats.

Volez vers nous troupe adorée ;
Sur le sommet de nos coteaux,
Le pampre à la grappe dorée
Courbe ses gracieux rameaux ;
Aux champs la brise matinale
Sème les parfums délicats ;
Beaux oiseaux de la capitale
Venez chanter dans nos climats.

Il est encor sous la feuillée
Frais abri contre les chaleurs ;
Pour tapis la plaine émaillée,
Pour reposer un lit de fleurs ;
Un ciel de rubis et d'opale,
De fins gazons pour doux ébats :
Beaux oiseaux de la capitale
Venez chanter dans nos climats.

Concours régional de Loir-et-Cher.

MAI 1858.

—

La France toujours grande et belle
Domine encor les nations ;
Son glaive n'a plus d'étincelle
Mais sa main répand des rayons.
Son peuple, qu'on craint et qu'on aime,
N'a pas de maître ou de rival ;
Les arts lui font un diadème
Et l'industrie un piédestal.

Blois, il faut bien le reconnaître,
Eut toujours le culte de l'art:
C'est dans ses murs qu'on a vu naître
Les Denis-Papin, les Ronsard.

Ses femmes au siècle prospère
Des Valois, qui nous est rendu,
Ont excellé dans l'art de plaire
Qui depuis ne s'est pas perdu.

Sous le beau ciel de la patrie
Ne souffrons plus d'autres combats
Que ceux que livre l'industrie
Fière à bon droit de ses soldats.
Que la paix, étendant ses ailes,
Sur nos destins veille toujours,
Les arts comme les hirondelles
Ne viennent qu'avec les beaux jours.

Lorsqu'un nautonnier intrépide
Bravant les flots et l'aquilon
Sur l'Océan souvent perfide
Nous ouvre un paisible sillon,
Aux arts la faveur infinie,
Devançant la postérité,
De décerner à son génie
La gloire et l'immortalité.

La Quêteuse.

—

Vous quêtez, ô femme adorée,
Et la foule assiége l'entrée
Du temple où vous portez vos pas ;
Comme aux fêtes de l'hyménée
Vous marchez de fleurs couronnée,
Moi seul je ne vous verrai pas !
Quand votre nom vient sur ma lèvre,
Mon front tout courbé par la fièvre
Se soulève péniblement ;
Et votre image gracieuse
Qui rend toujours mon âme heureuse
Ce matin en fait le tourment.
Si du moins quelqu'ami fidèle,
Pour calmer ma douleur cruelle,

Venait m'apprendre vos succès,
Sa voix, agréable harmonie,
Pour finir ma longue agonie
Dans mon cœur trouverait accès.
Mais la pompe de cette fête
Et l'éclat de votre conquête
Aujourd'hui vous les livrent tous ;
Quel que soit mon triste partage,
Qu'ils aillent prêter leur hommage
Au triomphe digne de vous.
J'entends frémir dans ma demeure
L'airain dans les airs agité,
Je reste seul, et voici l'heure
Où va paraître ma beauté.
Oh ! passe vite, heure importune !
Comme un vain songe qui s'enfuit ;
Laisse-moi, dans mon infortune,
Dormir sans regret et sans bruit.

Les Fauvettes de Saint-Denis.

—

BANQUET AUX EAUX DE SAINT-DENIS

—

Au joli mois que les poètes
Ont célébré sur tous les tons,
Où les gentilles pâquerettes
Bordent les prés de blancs festons,
Sitôt que fuyait le nuage
Qui tenait les cieux rembrunis,
Pour son joyeux pèlerinage
Blois s'envolait à Saint-Denis.

Femmes gracieuses et belles
Enchantaient ce riant séjour :
C'étaient toujours fêtes nouvelles
Où parfois se glissait l'amour. ·
Dans ce bois qui virent nos pères
Sous leur ombrage réunis,
Tout parle encore des doux mystères
Et des splendeurs de Saint-Denis.

Quand arrivait la nuit voilée
Complice des heureux amants,
Sur les sentiers de vallée
Passaient des fantômes charmants
Fauvettes vives et légères
Au moelleux duvet de leurs nids
Préférant les vertes fougères
Et les gazons de Saint-Denis.

Alors, sous les feuilles tremblantes,
On entendait de longs soupirs ;
Les fleurs se courbaient frémissantes
Sous les caresses des zéphirs.
Plus loin la coupe enchanteresse,
Source de plaisirs infinis,
Versait le bonheur et l'ivresse
Aux convives de Saint-Denis.

Sous le rayon qui vous rallie
Je vois renaître aux mêmes lieux
La gaîté, l'aimable folie,
L'esprit charmant de nos aïeux ;
Dans leurs demeures séculaires
Suivant les sentiers rajeunis
Evoquez, au doux bruit des verrres,
Les fauvettes de Saint-Denis.

Le Bonnet de coton.

—

A M. A. V***

—

J'apprends, mes amis, que l'on glose
Sur mon couvre-chef et sur moi.
Stoïquement je prends la chose
Et n'en ressens aucun émoi.
En vain je vous ai vu sourire,
Je défends mon vieux compagnon :
A mes dépens vous pouvez rire ;
Respect au bonnet de coton.

Il est d'une couleur que j'aime ;
Son port n'a rien de fastueux ;
De l'innocence il est l'emblême
Et plaît aux hommes vertueux,
Il est bon, quoiqu'un peu sévère,
Ami chaud dans toute saison :
Aux brillants foulards je préfère
Mon simple bonnet de coton.

Protecteur sans impertinence,
Modeste en son utilité,
Il sait couvrir avec décence
Mes défauts et ma nudité.
Son usage partout facile
S'étend de Paris à Canton.
Sans aller loin dans notre ville,
Combien de bonnets de coton.

Un héros de race féconde,
Plus grand encor dans ses revers,
Faisait jadis trembler le monde
Mettant son bonnet de travers.
Sous les coups de la politique
Un fait bien avéré, dit-on,
C'est qu'une couronne civique
Tient moins qu'un bonnet de coton.

Quand il désertait le portique
Pour courir avec son falot,
Diogène, le vieux cynique,
A tout prendre n'était qu'un sot.
Car pour moi je soutiens, en somme,
Que s'il eût eu le nez plus long
Il eût bientôt trouvé son homme
Coiffé d'un bonnet de coton.

Autour du foyer qui pétille,
Riez, causez avec esprit ;
Ce soir vous êtes en famille
Et j'en ressens quelque dépit.
Le mal qui me suit à la piste
Et m'enchaîne sur le ponton,
Loin de vous va me rendre triste
Comme un vrai bonnet de coton.

FÊTE DE SAINTE-CÉCILE.

—

Mes soixante ans.

—

Le temps jaloux, qui jamais ne s'arrête
Et qui se rit de nos vœux superflus,
Jetait hier, en passant sur ma tête,
Ces mots affreux : Soixante ans révolus !
C'est une erreur, et sa main trop pressée
Fait avancer l'heure à tous les cadrans :
Au vent du soir l'âme n'est pas glacée,
Non, mes amis, je n'ai pas soixante ans.

A soixante ans, c'est la vieillesse austère
Portant au front les ennuis, le chagrin ;
C'est l'égoïsme au cœur qui se resserre
Et ne bat plus sous sa couche d'airain.

Moi, j'aime tout ce qui plaît sur la terre :
La fleur qui s'ouvre au souffle du printemps,
L'azur des cieux, les bois et leur mystère...
Non, mes amis, je n'ai pas soixante ans.

J'aime un festin où l'amitié rallie
Le jeune essaim de trouvères joyeux;
J'aime au dessert la coupe bien remplie
Et le plaisir qui brille dans les yeux.
D'un art divin dont le charme m'attire,
Je fais encore mon plus doux passe-temps,
A vos chansons, je me plais à sourire ;
Non, mes amis, je n'ai pas soixante ans.

J'aime à trouver dans votre compagnie
De vieux amis aux regards bienveillants ;
Je puis, sans peur de troubler l'harmonie,
A vos leçons montrer mes cheveux blancs.
Et si jamais, mesurant la distance,
A l'Orphéon j'arrivais à pas lents,
Ne dites pas : c'est par indifférence,
Dites plutôt : c'est qu'il a soixante ans !

Légende.

—

COMMENT LE DIABLE UN JOUR EUT PEUR.

A M. A***.

—

Bravant l'hiver, sous les rides de l'âge,
Je conservais la force et la santé ;
Le chêne ainsi dépouillé de feuillage
Sait résister à l'autan irrité.

Mais du destin j'oubliais l'inconstance
Qui tant de fois pourtant m'avait instruit ;
Un souffle hélas ! soutient notre existence
Et c'est un souffle aussi qui la détruit.

Pour nous frapper la souffrance est alerte ;
Un mal étrange, effroyable et nouveau,
Comme un voleur qui voit la porte ouverte,
A l'improviste entra dans mon cerveau.

Je me croyais déjà dans la fournaise,
Le peu d'esprit que la tête logeait
Dans ce conflit se trouvant mal à l'aise,
A chaque instant sans bruit déménageait.

Battu des vents, sans boussole et sans voile,
J'allais sombrer aux plus faibles courants ;
De Galiens dont j'admirais l'étoile
Alors j'osai toucher les premiers rangs.

De mon salut j'espérais trouver l'ancre,
L'évènement m'a désillé les yeux :
La médecine est la bouteille à l'encre
Où l'on patauge on sait à qui mieux mieux.

Un maître vint: J'aperçois l'anémie,
Il faut du fer pour enrichir le sang ;
Un autre dit: Je crains l'apoplexie,
Purgez cet homme et saignez jusqu'à blanc.

Puis un troisième à formes juvéniles,
Qui dans le monde et dans la Faculté
Passait déjà pour un des plus habiles,
Après m'avoir en tous sens ausculté :

Messieurs, dit-il, dans cette maladie
Ce qui domine est l'élément nerveux ;
Parfois chez l'homme on trouve l'hystérie,
Et ce cas rare ici n'est pas douteux.

J'applaudissais à ce trait de génie
Et ne voulais plus ailleurs m'enquérir,
Car c'est un mal de bonne compagnie
Dont j'aime assez le moyen de guérir.

Je me croyais au bout de mes misères
Et je tombais dans un nouveau tourment.
Un des doyens aux allures sévères
A pas comptés s'avança gravement :

On vient, je crois, de parler d'hystérie,
On est encor loin de la vérité.
Je tiens le mal, et c'est l'hypocondrie ;
Sachons le voir avec sa gravité.

Ainsi : chagrins, soupirs involontaires,
Bruits inconnus, hallucinations,
Larmes, ennuis, terreurs imaginaires,
Trouble des sens, étranges visions,

C'est le chemin qui mène à la folie ;
Sans plus tarder voyagez de ce pas,
Allez en Grèce ou bien en Italie,
Pendant un an ne vous arrêtez pas.

Abasourdi d'une chute pareille
Je revenais encor plus compromis,
Confus, penaud et portant bas l'oreille,
Quand j'aperçus un de mes vieux amis.

Il fut aussi longtemps de la manique,
Mais un beau jour se trouvant en humeur,
Sans crier gare il ferma sa boutique ;
Pour ses clients c'est jouer de bonheur.

Eh bien ! me dit le docteur en retraite,
Tu nous reviens, je n'en suis pas surpris,
Tout déconfit de ta triste défaite :
Que diantre aussi vas-tu faire à Paris ?

Pour ces savants à la brillante écorce,
Il faut, crois-moi, se donner moins de soin ;
Les médecins sont tous de même force ;
Dispense-toi de les chercher si loin.

Veux-tu, mon cher, de mon expérience
Dès aujourd'hui faire un utile emploi ?
Notre raison vaut mieux que la science ;
Suivant tes goûts, ami, gouverne-toi.

Va vivre aux champs ; c'est là que Dieu réserve
Pour tous nos maux son soleil radieux ;
A l'avenir tâche qu'il te préserve
Des médecins et des gens ennuyeux.

Il est un lieu consacré dans l'histoire
Qui fut souvent le rendez-vous des rois ;
C'est Saint-Denis que vient baigner la Loire,
Hameau célèbre aux beaux jours des Valois.

Tous les printemps c'était à sa fontaine
Que Médicis aimait à voir sa cour,
Chaque buisson qui fleurit dans la plaine
Eveille encor des souvenirs d'amour.

Sous le beau ciel qui réchauffait leurs âmes,
Oubliant tout dans leurs joyeux ébats,
Loin des palais, gentilshommes et dames
Allaient rêver et se parler tout bas.

Las ! je partis le cœur plein d'espérance,
Cherchant de loin ce séjour enchanté :
Pauvre écolier qui rêve à la vacance
Et voit briller un jour de liberté !

Quand j'arrivai la campagne était nue ;
En me vantant les charmes du vallon
Mon vieil ami voyageait dans la nue,
Notre Esculape était fils d'Apollon.

Je ne vis plus jouant sur la verdure
Ces beaux enfants qui se miraient dans l'eau
Et qui de fleurs semaient leur chevelure ;
Le temps avait effacé le tableau.

Je n'aperçus qu'une pauvre vachère
A l'air souffrant, au regard triste et doux
Qui conduisait dans la plaine en jachère
Avec son chien sa génisse au poil roux.

Plus tristement que les feuilles d'automne
Tombaient mon rêve et mes illusions.
Autour de moi tout était monotone,
Un ciel tout gris et d'humides sillons.

C'était l'Eden chanté par le poète ;
Un long soupir s'échappa de mon cœur ;
Mais étouffant une plainte indiscrète,
Je commençai mon pénible labeur :

Devançant l'heure où le soleil se lève
Je râtissais, râtissais, râtissais.
A ce métier sans repos et sans trève
Je maigrissais, maigrissais, maigrissais.

C'était pitié ; mes os faisaient saillie ;
Rien n'égalait la pâleur de mon teint ;
J'etais livide et la mine ébahie,
Je ressemblais au plus affreux crétin.

Le nez pointu plus long d'une coudée
Représentait la lame d'un poignard ;
La peau tombait flasque, jaune et ridée,
L'œil enfoncé n'avait plus de regard.

A voir de près cet état pitoyable,
Les plus hardis eussent pâli d'effroi.
J'étais si laid que j'ai fait peur au diable
Qui m'a remis pour un autre convoi.

TABLE.

Imp et Lith. LECESNE, à Blois.

www.ingramcontent.com/pod-product-compliance
Lightning Source LLC
Chambersburg PA
CBHW060434260626
47161CB00005B/1925